ŒUVRES

POËTIQUES:

HISTOIRE

DE DAPHNÉ;

POËME,

DÉDIÉ AUX NYMPHES

DU PALAIS ROYAL.

1771.

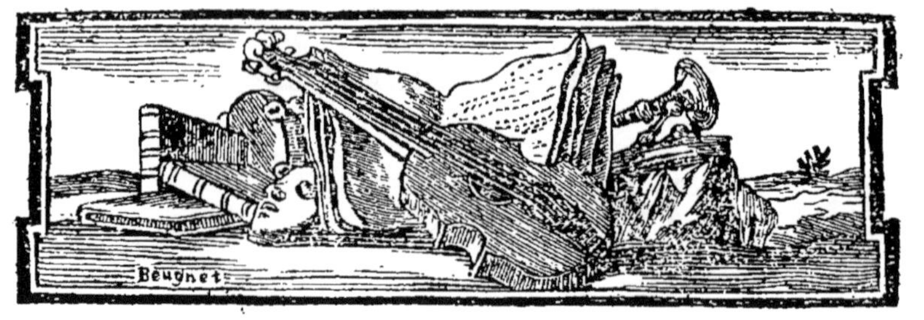

ÉPITRE

DÉDICATOIRE

AUX NYMPHES

DU PALAIS ROYAL.

C'EST pour vous, Riante Jeuneße,
Que du cenfeur je brave les revers.
Quand près de vous chacun s'empreße,
Quand mille vœux vous font offerts,
Ne puis-je y mêler mon hommage,
Et chanter vos plaifirs divers?
Je fais que je ne fuis pas fage,
Et d'un pauvre Auteur le fuffrage
Eft mince en profe, ainfi qu'en vers.
Je vais dans ce récit fidèle

A ij

ÉPITRE DÉDICATOIRE.

Rendre compte de vos desirs ;
Daphné m'a servi de modèle
Imitez-la dans ses plaisirs :
Mais craignez de finir comme elle
Dans la retraite des soupirs.

LES AMUSEMENS
DE DAPHNÉ,
o u
LES JOURNÉES
AGRÉABLES.

PREMIERE PARTIE.

PREMIERE JOURNÉE.

Promenade du Bois de Boulogne.

O TOI qui, de la même main,
Couronnes du haut du Parnaffe,
Homere, Anacréon, & le Chantre de Thrace,
Prêtes-moi tes accords; & que ton feu divin
Échauffe mes efprits : viens animer mon zèle.
Je veux cueillir une palme immortelle,

A iij

Dieu des Vers, applaudis à mon vaste dessein.
O divin Apollon ! inspire mon génie,
Viens prêter à mes sons un attrait enchanteur,
Fais passer tous tes feux dans mon ame attendrie;
Souviens-toi que Daphné fit jadis ton bonheur.
    Quand je rends hommage à ses charmes,
        Je te porte un flatteur encens ;
        Tu daignas lui rendre les armes :
Pour la bien célébrer anime mes accens.
        Daphné, cette Nymphe si belle,
    Dont les attraits pénétrerent ton cœur,
        Prenant une forme nouvelle,
        Fut la victime du malheur.
        Sa cruelle métamorphose
        En larmes changea tes plaisirs ;
    Voilà les maux auxquels l'amour expose ;
        Il nous cause bien des soupirs !
        Mais ma Nymphe, moins rigoureuse,
        Profite mieux de sa beauté ;
        Une métamorphose heureuse
    Sera l'effet de sa docilité.
    D'un laurier l'écorce insensible
        Ne renferme point ses attraits ;
Ma Daphné n'est point infléxible,
        Et n'a jamais excité de regrets.
            Et toi que les bords de la Seine
Ont vû long-tems en proie aux plus vives douleurs ;
        Toi, qui sous un habit de laine,
Méprisas constamment les humaines grandeurs ;
        Je chante aujourd'hui ta constance,
        Viens me prêter cette éloquence
        Dont le charme séduit les cœurs.

Tranſporté par un beau délire,
Je veux chanter ces doux momens,
Où dans ce bois, que tout Paris admire,
Tu rendois heureux mille amans.
C'eſt là que, folâtrant ſur la molle fougere,
Tu bondiſſois dans les bras de l'Amour;
Des chênes orgueilleux la cime trop altiere
Te déroboit à la lumiere,
Et cachoit à tes yeux le grand éclat du jour.
Le zéphir empreſſé modéroit ſon haleine,
Il t'envoyoit un amoureux ſoupir;
Par ſon ſouffle léger, il écartoit la gêne;
Il ſoulevoit cette gaze incertaine
Qui, couvrant un beau ſein, excite le deſir;
Enfin le complaiſant zéphir
Pour ton amant prenoit toute la peine,
Et lui facilitoit la route du plaiſir.
Heureux mortel qui poſſédoit tes charmes!
Dans tes bras arrondis il preſſoit ta beauté;
Et ſur ton ſein oubliant les allarmes,
Il nageoit dans la volupté.
Il fouloit avec toi cette tendre verdure,
Que le Printemps vient émailler de fleurs,
Thrône charmant que la nature
A préparé pour les ſenſibles cœurs.
Il te preſſoit; tu lui faiſois connaître
Que l'Amour ſeul eſt le Dieu des plaiſirs;
A tes côtés il ſe ſentoit renaître:
Il puiſoit dans tes yeux le beau feu des deſirs.
Il reprenoit un nouvel être,
Et ſon œil égaré, parcourant tes appas,
Dans ſon cœur enivré, chaque inſtant faiſoit croître

Cette ardeur néceffaire en de pareils combats.
Trois fois il offre fon hommage,
Et trois fois ton cœur étonné
Paye le prix de fon courage ;
Trois fois il fe voit couronné.
De Venus image fidelle,
Tu laiffes tomber tes regards
Sur ce Héros qui, plein de zèle,
Ofe le difputer à Mars.
Audacieux de fa victoire,
Trois fois de Myrthes couronné,
Trois fois !... C'eft trop peu pour fa gloire :
Par fa valeur il fe fent entraîné.
Il difpofe de fa conquête,
Et le plaifir, à fon char enchaîné,
De fes fleurs embellit fa tête ;
Trois autres fois la docile Daphné
Soupire, fourit & fe prête
Aux loix d'un vainqueur fortuné.
Après nombreux combats que la gloire & l'ivreffe
Font foutenir aux guerriers de l'Amour ;
Après tous les tranfports qu'infpire la tendreffe,
Bacchus venoit, fur le déclin du jour,
Offrir une liqueur vermeille,
Qui ranimoit tes fens enivrés de plaifir.
A table tu faifois merveille :
Sur un gazon agité par zéphir,
Auprès de toi la fleur nouvelle
Pour te charmer ouvroit fon fein :
Tu la cueillois, elle en étoit plus belle,
Et paroiffoit fiere de fon deftin.
Bacchus dont la liqueur te rendoit plus touchante.

T'invitoit à courir dans ces bosquets charmans,
    Que la Nature prévoyante
Prépara tout exprès pour les tendres amans.
    Semblable à la Nymphe légere,
    Tu folâtrais dans ces rians vergers.
Tu refoulois encor la docile fougere,
Et tu rendois constans des plaisirs passagers.
Après nouveaux combats soutenus avec gloire,
    Tu parcourois rapidement
    Ces bois témoins de ta victoire,
Ces bois, où tant de fois tu vainquis ton amant.
D'un pas précipité tu traversois la plaine,
Tu fuyois le plaisir qui t'avoit tant séduit ;
    Pour rendre ta marche certaine,
Le bras de ton amant te conduisoit au lit.
    D'un jour charmant, ô fin plus agréable !
Qui pourroit exprimer vos précieux instans ?
    D'un tel effort ma muse est incapable :
Il faut être inspiré par le Dieu des amans.

SECONDE JOURNÉE.

LA MATINÉE.

LE PALAIS ROYAL.

Déja les pleurs de la timide Aurore
    Nous annoncent l'éclat du jour ;
    Déja les fleurs veulent éclore :
Le Cocq altier a chanté son amour.
Phébus de l'Orient entr'ouvre la barriere,
    Et cependant la tranquille Daphné,
    Du jour ne voit point la lumiere :
Le voile de la nuit couvre encor sa beauté.
Mortel favorisé qui possédez ses charmes,
    Heureux témoin de son sommeil ;
    C'est trop jouir de nos allarmes,
Soyez moins lent à causer son réveil.
    Vous prévoyez son inconstance :
    Si, dans l'excès des plus tendres ardeurs,
    Hier Daphné combla votre espérance,
Nous pouvons aujourd'hui prétendre à ses faveurs.
    A nos regards hâte-toi de paraître,
Daphné ! Viens disputer le prix de la beauté.
Déja l'impatient & léger petit-maître
    Par ton absence est irrité.
Parois dans ce jardin où l'art & la nature
Nous offrent à la fois leurs trésors précieux ;
    Sous cette voûte de verdure,

Où la beauté , l'éclat & la parure
Séduifent tour-à-tour & charment tous les yeux.
    Une gentille Bouquetiere
Va te donner les plus nouvelles fleurs.
    Ouvre tes yeux à la lumiere.
Viens te mêler à tant d'objets flatteurs.
    L'Amour t'attend pour fa défenfe ;
Viens augmenter ces aimables remparts,
    Sûrs écueils où l'indifférence
    Vient échouer de toutes parts.
Toutou charmant d'une aimable maitreffe ,
    Petit Médor , objet de fes plaifirs ,
    Viens ranimer notre tendreffe ,
Viens par ta voix fufpendre nos foupirs.
    Peux-tu réfufer de te rendre ?
    Parois , précede nos amours ;
Annonce-nous Daphné , ne te fais plus attendre ;
Le Soleil a fini la moitié de fon cours.
    L'œil égaré du petit-maître
Languiffant , abbattu , cherche de toutes parts ;
    Viens lui donner un nouvel être ,
    Viens-donc t'offrir à fes regards.
    Quel changement paroit fur les vifages ?
J'entends par-tout : c'eft-elle ! la voilà !
Non , ce n'eft plus pour vous que font faits nos hom-
    mages !
    Difparoiffez , Nymphes de l'Opéra !
    Au même inftant chacun s'empreffe ;
Le Commis élégant va peindre fon plaifir ,
    L'Abbé coquet parle de fa tendreffe ,
Et laiffe , en s'envolant , échapper un foupir.
Arrive gravement le Robin débonnaire ,

Il vient offrir un clandeſtin repas ;
Acceptez-le , dit-il , d'un ton ſincere :
Daphné rougit & l'accepte tout bas.
Bien-tôt après le fougueux militaire ,
D'un ton précipité , débite un compliment ;
Ma foi , je brûle de vous plaire :
Daphné , croyez-en mon ferment ;
Je n'ai rien vû d'honneur , en ſortant de campagne ,
Qui peigne mieux la volupté :
Non , il n'eſt rien dans l'Allemagne
De comparable à ta beauté.
Je veux abſolument faire votre conquête.
Après avoir vaincu nos braves ennemis ,
Des myrthes de l'Amour je veux ceindre ma tête ;
Et c'eſt de vous que j'exige ce prix.
Puis voyant tout-à-coup un cercle qui s'aſſemble ,
Pour la baiſer , il prend ſa belle main ;
Adieu , je ſuis à vous ; car nous dînons enſemble ,
Il s'invite lui-même au dîner du Robin.
Mais c'eſt en vain , il perd ſon éloquence ;
Il faut céder à des appas plus forts :
Mondor paroît , perdez toute eſpérance :
Vous avez fait d'inutiles efforts.
La canne en main , le Financier s'avance ,
Il diſſipe bien-tôt cet eſſain d'amoureux ;
O Plutus ! quelle eſt ta puiſſance !
On ne peut réſiſter à l'offre de tes vœux.
L'éclat brillant de la richeſſe
Fait bien-tôt naître le deſir ;
Auprès de toi l'Amour s'empreſſe ,
Tu fais donner plus de poids au plaiſir.
Par le ſon enchanteur de paroles dorées ,

Tu fais fixer l'attention
De ces oreilles effarées
Qui, par le plaifir égarées,
N'ont jamais connu entendu la voix de la raifon ;
Et fur tes traces mefurées,
Par une noble ambition,
On voit les Graces empreffées
Applaudir à ta paffion.
Adieu, Commis, Abbés & Militaires ;
Adieu, Robins fi langoureux ;
Vos hommages font téméraires ;
Portez ailleurs vos foupirs & vos vœux.

L'APRÈS-MIDI.

LES TUILERIES.

DIEUX qui veillez fur les jardins de Flore,
Mâle Priape, & vous, léger zéphir,
Venez à mon fecours, ma mufe vous implore;
Animez mes accens : je chante le plaifir.
    Préparez vos charmans ombrages,
    Parfumez l'air des plus douces odeurs;
      C'eft à l'ombre de vos feuillages
    Que Daphné va conquérir tous les cœurs.
Les Courfiers du Soleil fendent le fein de l'onde,
Vefper ferme déja le calice des fleurs;
      Bien-tôt, pour éclairer le monde,
      Hécate promet fes faveurs.
Voici l'heure où Daphné, fous l'ombre du myftere,
    Va préparer à mille adorateurs
Les dons que la Nature a bien voulu lui faire :
Dons heureux, qui pourtant préparent fes malheurs.
Mais écartons encor cette funefte idée,
      Ne lifons point dans l'avenir;
      Raffurons mon ame effrayée :
Le moment où je parle eft celui du plaifir.
      Palais dont la magnificence
      Fixe long-tems l'œil étonné;
Triomphe des talens, ornement de la France,
      Palais d'un Roi fi juftement aimé;
Daphné, dans vos jardins, établit fon empire,

Dans vos superbes murs elle vient, chaque jour,
Consoler l'amant qui soupire,
Et, sous le masque du délire,
Dans des liens de fleurs elle enchaîne l'Amour.
Mais quel est cet objet dont la taille orgueilleuse
Fixe, en se promenant, nos avides regards ?
Quel embonpoint ! quelle figure heureuse !
C'est sans doute Vénus enchaînant le Dieu Mars.
Non : c'est Daphné. Puis-je la méconnaître ?
Ses blonds cheveux, rangés artistement,
Sont un parterre où les fleurs semblent naître,
Pour attirer le zéphir inconstant.
Thétys & Flore ont formé sa parure, *
L'une a prêté la couleur de ses eaux :
Pour embellir cette verdure,
Flore a fourni ses présens les plus beaux ;
Elle a cueilli les plus nouvelles roses,
Elle a choisi les plus fraîches couleurs ;
C'est pour Daphné que ces fleurs sont écloses :
Amour, sans les flétrir, jouis de leurs odeurs.
Empressez-vous, agréable Jeunesse ;
Exprimez vivement vos amoureux desirs ;
Daphné sourit à la tendresse,
Et va modestement faire tous vos plaisirs.
Ne craignez-pas qu'un intérêt sordide
Puisse arrêter le cours de ses bienfaits.
Non, non ; Daphné n'est point avide ;
Un portrait de Louis suffit pour ses attraits.

---

* La parure favorite de Daphné, on dit même l'unique, étoit une robe verd-d'eau, garnie en couleur de rose.

Afin de mieux prouver son amour pour son maître,
Et le plaisir qu'elle a de contempler ses traits,
Sous le nom de Louis * elle se fait connaître;
O pouvoir de l'Amour sur un cœur bien Français !

* Personne n'ignore que toutes nos Nymphes ont chacune leur surnom ; la chronique prétend que les mauvais
plaisans avoient donné à Daphné celui de Madame Louis-
d'or, surnom qui vraisemblablement servoit de tarif à ses
faveurs. Je n'assurerai pas ce fait : car il ne faut jurer de
rien. Au reste, le prix est honnête.

LA SOIRÉE.

LE SOUPER DES BOULEVARDS.

DÉJA l'azur est parsemé d'étoiles,
Le sommeil aux humains présente ses pavots;
　　La nuit étend ses sombres voiles,
　　Elle invite au plus doux repos.
Voici l'heure où chacun vient t'offrir son hommage,
Bacchus, voici l'instant où les heureux mortels,
　　Délivrés de leur esclavage,
　　Viennent en foule aux pieds de tes autels.
　　C'est-là qu'une liqueur vermeille
Sait animer la timide beauté;
　　C'est-là qu'au fond de la bouteille
　　On va puiser la volupté.
　　Inspire-moi, Dieu de la treille,
　　Seconde mes justes desirs;
　　Je vais célébrer la merveille
Dont tu fais chaque soir les innocens plaisirs.
　Dans ces jardins, où l'art, vainqueur de la nature,
　　Brille à nos yeux de toutes parts;
Où l'on voit s'élever à travers la verdure
Ces élégants palais ornements des remparts;
　　Où, se livrant à son génie habile,
　　Artiste savant & fameux,
　　TORRÉ, par un effort utile,
　　A su rassembler tous les jeux;
　Où, par ses soins, quand la voûte azurée

B

Se perd, dans l'ombre de la nuit,
Au mouvement de sa main assurée,
La lumiere se reproduit.
C'est-là qu'au sein d'une charmante ivresse,
Nymphes, vous vous livrez à la tendre gaité :
Le son brillant de l'allegresse
Est par l'écho mille fois répété.
C'est-là qu'un orchestre sonore
Vient animer vos pas légers.
Aux agrémens de Terpsicore
Vous vous livrez sans craindre de dangers ;
C'est dans ce lieu que, sur vos traces,
Le riant essain des amours,
Folâtrant autour de vos graces,
Du tems qui fuit semble arrêter le cours.
Que de rendez-vous agréables
Sont donnés dans ces lieux charmans !
Que de soupirs intéressans,
Au milieu de ces jeux aimables,
Se font entendre en de si doux instans !
Près de ces lieux où la nature
Cede aux puissans efforts de l'art,
On voit un bâtiment dont la simple structure
N'éblouit pas ; mais fixe le regard.
On reconnoît bien-tôt que Bacchus est son maître ;
L'inimitable Bancelin
A soin de ses autels, il en est le Grand-Prêtre,
Il répand les trésors de son nectar divin.
C'est-là que, bannissant la crainte & le scrupule,
La voluptueuse Daphné,
A la lueur du Crépuscule,
Donne essor à l'Amour, auprès d'elle enchaîné.

Sur un banc de gazon, près d'une table ronde,
Assise fraîchement, elle avale à longs traits,
   Cette liqueur si bienfaisante au monde,
   Ce jus charmant pour nous si plein d'attraits.
   Les sons aigus d'une vielle *
Sous ses doigts potelés ont un charme flatteur,
Qui paroît à Damon une faveur nouvelle,
Et qui du vieux Mondor chatouille encore le cœur.
Sur la fin du repas brille la douce ivresse ;
Mondor baise la main, Damon parle des yeux ;
On promet au premier une vive tendresse,
Et l'on croit éloigner le vieillard amoureux :
Mais il insiste, il poursuit son affaire ;
Damon a la parole, il sait mieux engager,
Il sait mieux profiter de l'amoureux mystere ;
Mondor quitte, en jurant, sa belle aventuriere :
Mais Damon dans son lit va l'en dédommager.

---

* Il étoit du bon ton parmi nos Nymphes de jouer de
la Vielle, & le nommé André, de glorieuse mémoire, étoit
le Maître fameux qui se chargeoit de cette partie de leur
éducation. On prétend que, graces à ses soins, Daphné
commençoit à jouer fort bien de cet instrument ; on admi-
roit sur-tout la souplesse de son poignet : les talens sont
toujours d'une grande ressource.

TROISIÈME JOURNÉE.

LES SPECTACLES.

DIEUX charmans qui tantôt infpiriez mon génie,
Non, ce n'eft plus à vous que ma mufe a recours.
    De Melpomene, & de Thalie
    J'emprunte aujourd'hui le fecours.
Soyez en ce moment mes fidèles oracles,
    C'eft vous que j'ofe confulter :
    Charmantes mufes des fpectacles,
    C'eft Daphné que je vais chanter.
    En vain, fublime Melpomene,
    Vous vous flattez de fubjuguer nos cœurs,
    En vain, pour émouvoir la fcène,
    Vous nous peindrez l'excès de vos douleurs.
    Vous vous verrez abandonnée ;
    Dans une loge renfermée,
    Daphné rira de vos malheurs.
Aux plaifirs de l'amour à jamais deftinée,
    De courtifans environnée,
Elle vous ravira tous vos admirateurs.
    Et toi dont l'aimable folie
    Nous fait chérir la vérité,
Que je te plains, agréable Thalie,
    Malgré les traits de ta faillie,
    Tu vas céder à fa beauté.
    Mais déja je la vois paraître,
    Déja les cartes de l'amour *

---

* Il eft d'ufage à Paris parmi les Nymphes de cette ef-

Ont volé dans les mains du léger Petit-Maître ;
Près d'elle on voit une nombreuse Cour.
Quelle est cette aimable coquette ,
Dit l'un , en élevant les yeux ?
Et dans l'inftant il braque fa lorgnette ,
Il l'apperçoit , il devient amoureux.
On fe la montre & chacun la defire ,
On fouhaite la fin du fpectacle ennuyeux ;
Sans auditeurs Melpomene foupire ,
Tous fes foins font infructueux.
Le fpectacle finit. En hâte on fe retire ,
On veut favoir quel eft l'amant
Qui pourra pofféder ce que chacun admire ;
Et c'eft en vain ; car Daphné prudemment ,
Ayant prévû qu'une foule importune
A l'inftant viendroit l'affaillir ,
Par une adreffe peu commune ,
A fu cacher l'objet de fon defir ;
Mais par un trait de plus rare prudence ,
Comme on l'a vu , les cartes de l'amour ,
Ont ranimé la timide efpérance
Des amans qui n'ofoient fe flatter de retour.
Permets que ma mufe volage ,
Amour , revele tes fecrets :

---

pece qui font dans le cas d'obferver les regles de la bien-
féance , comme Daphné , d'avoir toujours un grand nom-
bre de cartes fur lefquelles font écrites leurs demeures ,
pour la commodité des foupirans qu'on ne peut fatisfaire
à l'inftant ; (car à Paris , tout fe fait en regle :) auffi
Daphné , fcrupuleufe obfervatrice des regles , ne manquoit
jamais à cette formalité.

Elle cherche à te rendre hommage,
   En publiant tes bienfaits.
Si tu voulois me contraindre au silence
Tu devois m'arracher à la séduction :
   J'use de mon expérience,
   Je le fais sans indiscrétion.
   Galans qui désirez d'apprendre
   Le contenu de ces billets ;
   Courez ainsi que moi vous rendre,
Dans la chambre où Daphné repose ses attraits.

LA JOURNÉE
MALHEUREUSE,
OU
FIN DE L'HISTOIRE DE DAPHNÉ.

DU jour la belle avant-couriere
Sur l'émail de nos prés ne répand plus de pleurs ;
Un voile épais dérobe fa lumiere
Un vent impétueux abbat les jeunes fleurs.
Le foleil pâliffant n'ofe fortir de l'onde ;
Par un nuage affreux fes rayons obfcurcis,
    Refufent d'éclairer le monde ::
Tout prévoit de Daphné les malheurs infinis.
    Changez les fons de l'allégreffe,
Mufe ; fentez l'excès de vos juftes douleurs :
    Livrez-vous à votre trifteffe ;
Ce n'eft plus aux plaifirs à broyer vos couleurs.
Et toi, jeune Daphné, cher objet de mes larmes,
Objet triomphateur, & tant de fois vaincu,
    Pour mieux tracer tes mortelles allarmes,
    Viens ranimer mon efprit abbattu.
Jaloux de ton bonheur, on va flétrir tes charmes :
On a déjà recours au plus jufte des Rois ;
Des fuppôts de Thémis on emprunte les armes,
Ton fupplice eft déjà prononcé par les loix.
    Dans la maifon la plus auftere

B iv

On va guider tes pas tremblans ;
On te conduit à la Salpêtriere ;
C'eft-là que le tableau de l'affreufe mifere
Va montrer fon horreur à tes yeux languiffans.
Ces beaux cheveux que l'art, foumis à la nature,
Se plaifoit à parer des plus brillantes fleurs ;
    Ces blonds cheveux flottans fur ta parure,
Où Zéphir folâtrant promenoit fes faveurs,
Impitoyablement, par une main cruelle,
Qui conduit hardiment un injufte cizeau,
    Sous un effort & barbare & nouveau,
Vont ceffer d'embellir une tête fi belle.
Quelle fuite, grands Dieux ! de fi charmans plaifirs !
C'eft donc là tout le fruit de tant d'obéiffance.
Amour, faut-il, hélas ! payer par mes foupirs
Ces bienfaits précieux, mon unique efpérance.
Dans mon cruel état peux-tu m'abandonner ?
Soumife aveuglément à ton pouvoir fuprême,
Entends mes tendres vœux ; peux-tu me condamner ?
Ah ! du moins prends pitié de ma mifere extrême :
Ingrat ! pourrois-tu bien me laiffer à moi-même ·
Mes crimes font à toi, tu les dois pardonner !
    Viens voir cet édifice immenfe
    Où l'on n'entend que des gémiffemens,
    Où l'on punit l'incontinence,
Où l'on voit du remords les étendarts flottans.
    Viens contempler ces funeftes victimes
    Qui, trop long-tems féduites par ta voix,
    N'ont jamais commis d'autres crimes,
Que celui d'obéir à tes trompeufes loix.
    Hé quoi ! tu crains de nous entendre !
Plus barbare cent fois que mes cruels bourreaux,

Prépare encore à l'ame la plus tendre
Des jours tiffus d'horreurs, & des tourmens nouveaux.
Va, fois toujours impitoyable.
Soumife à mon deftin, je ris de tes fureurs :
Malgré le fort affreux dont la rigueur m'accable,
Je faurai bien, fans toi, furmonter mes malheurs.
Et vous qui tant de fois jouiffiez de mes charmes,
Jeunes voluptueux, objets de mes mépris,
Jouiffez maintenant des larmes
Qui coulent, malgré moi, de mes yeux affoiblis.
Allez ! mon cœur tranquille à préfent vous détefte :
Je paye chèrement de trop longues erreurs :
De mes remords fréquens, hélas ! le plus funefte
Eft d'avoir, dans vos bras, prodigué mes faveurs.

Fin de l'hiftoire de Daphné.

LES SUITES DU RENDEZ-VOUS.

ANECDOTE.

MUse, quittez votre noblesse ;
Prenez le ton de sa simplicité ;
Jamais un conte n'interesse
Qu'autant qu'il a l'air de la vérité.
Je vais tracer une aventure
Dont le détail intéressant
Exige l'éloquence pure
Qui part de sa simple nature,
Et s'exprime naivement.
Si je place ici cette histoire
C'est qu'elle intéresse la gloire
De la malheureuse Daphné ;
Cet œuvre n'est pas méritoire :
Mais jamais action si noire
Ne fut le fruit de sa beauté.
Voici le fait ; &, je le jure,
Mon récit n'est point apprêté ;
C'est la vérité toute pure.
Certaine Nymphe, appellée Alison,
De tout le monde abandonnée,
N'ayant rien fait de sa journée,
Fit sur le soir rencontre d'un barbon.
Elle l'accoste ; il la regarde
Et déja lui prend le menton.
Il ne sent pas son incartade ;

Quand l'amour rend l'esprit malade,
On a bien-tôt oublié la raison.
Tranquillement il se laisse conduire.
Déja même son cœur s'enflamme, puis soupire;
Dans les bras d'Alison son esprit enchanté,
Croit déja savourer la douce volupté.
Il arrive au logis d'un Bourgeois débonnaire,
D'Alison amant ordinaire,
Et qui, de tems en tems, à cet objet mignon
Donnoit ses clefs pour faire réveillon.
En effet le galant trouva sur une table
Un pâté, du boudin, puis d'un vin agréable
Dont la couleur & la profusion
Causoient à mon gourmand un peu d'émotion.
Comme le tems pressoit, sans plus se mettre en peine,
Sans vouloir lui donner le tems de prendre haleine,
Du pâté succulent les flancs sont entr'ouverts,
Et bien-tôt des débris, assiettes, plats couverts.
Le champagne mousseux déja brille en son verre,
Le Condrieux l'enivre; & sa douce bergere,
Profitant de l'état où le vin le réduit,
Etend notre galant sur un assez bon lit;
Et le voyant surpris sans pouvoir se défendre,
Du haut jusques en bas, sans plus se faire attendre,
Dévalise Damon; (car, à ce qu'on ma dit,
Notre galant toujours ainsi nommer se fit.)
Après ce beau coup fait, la belle enchanteresse
Laisse son cher Damon dans sa bachique yvresse;
Emporte le butin fait sur son ennemi,
Elle s'échappe enfin, le voyant endormi;
Elle contient à peine une indiscrette joie,
Et va chercher ailleurs une nouvelle proie.

Le Bourgeois de retour, compte fur fa conquête,
Des plaifirs de l'amour il fe fait déja fête,
Et quittant fon époufe avec empreffement
Vient au lit où Damon dormoit profondément.
Dieux ! qu'eft-ce que je vois ? dit-il, avec furprife !
Quel eft cet homme-ci ? feroit-ce Cydalife
Qui, me faifant chercher l'amour en d'autres bras,
Prodigueroit ailleurs fes perfides appas ?
Non non ! loin de mon cœur chaffons cette penfée.
Mon ame plus long-tems ne peut être abufée ;
C'eft fans doute Alifon qui, pour mieux me punir,
D'avoir trahi l'hymen, a voulu me trahir.
Pendant que le Bourgeois, époux de Cydalife,
Témoignoit hautement fon étrange furprife,
Damon, fortant des bras d'un bachique fommeil,
Cherchoit le doux objet qui caufoit fon réveil.
Mais quel autre, grands Dieux ! fe préfente à fa vue.
Il voit notre Bourgeois, & fon ame éperdue
Lui fait appréhender de trouver un voleur ;
Il ne peut contenir fa trop jufte douleur.
Il fait beaucoup de bruit, il fe plaint, il appelle,
Il maudit de grand cœur fa compagne infidelle,
Il invoque les Dieux ; implore du fecours,
Il demande au Bourgeois de lui fauver fes jours.
Licidor, peu content de pareille aventure,
Ne voit en tout ceci, que fourbe, qu'impofture :
Mais craignant d'éveiller fa femme & fon voifin,
Ordonne que Damon vuide les lieux foudain.
On cherche fes habits ; mais Alifon prudente,
Comme dit le proverbe, a tout mis chez ma tante.
Comment donc fe tirer d'un fi funefte pas ?
Ma foi, je n'en fais rien. Car en un pareil cas,

De prêter son habit on n'a pas grande envie ;
    D'ailleurs d'un peu de ladrerie
Notre ami Licidor fut toujours soupçonné :
Il refusa tout net à Damon étonné ,
    Perruque , habit , & même l'on assure
Qu'il voulut renvoyer le galant sans chaussure.
Licidor , dit Damon , je serai satisfait ,
    Si chez moi vous voulez qu'un valet
    Soit le porteur d'un petit mot de lettre.
J'y consens volontiers ; vous pouvez le remettre.
Le valet part , arrive & frappe brusquement ,
On ouvre , il entre. Autre embarras plus grand !
Pauvre Damon , la sottise est complette :
Votre épouse reçoit la missive indiscrette ;
Et , contenant à peine un furieux transport ,
Pour cacher son courroux se fait un grand effort ;
Sans même se donner le tems de prendre haleine ,
Au logis du Bourgeois va combler votre peine.
Allons , ferme , Damon , rappellez vos esprits ;
C'est elle qui prend soin de porter vos habits.
Conservez , s'il se peut , toute votre constance ;
Pardonnez-lui , sur-tout , sa vive impatience ;
    Prenez le soin d'appaiser son courroux ,
    Et dès l'instant embrassez ses genoux.
Mais vous , bon Licidor , comment allez-vous faire ?
Comment cacherez-vous cet important mystere ?
Cydalise est encor dans les bras du sommeil ,
Taisez-vous , Licidor , & craignez le réveil.
    Muse du gentil la Fontaine ,
    Venez échauffer mes esprits.
    Jamais votre plume certaine
    Ne traça de mauvais écrits ;

Voyez mon embarras extrême,
Voyez deux femmes en fureur :
Pour toutes deux l'aventure est la même,
Le même trait a sû percer leur cœur.
La femme de Damon, d'un ton plein de colere,
A son mari qui filoit doux,
Fait grand fracas, &, sans entendre affaire,
Descend chez Cydalise, enfonce les verroux.
Cydalise en surfaut s'éveille à ce tapage.
Eh ! de quel droit dans mon appartement
Peut-on ainsi venir ? Comment ! par quelle rage
Trouble-t-on mon sommeil ? & dans le même instant,
De reproches honteux se voyant accablée,
De son lit entr'ouvert s'élance avec fureur,
Monte à l'appartement, où la scene troublée
Ne rendoit plus que des cris de douleur.
Licidor interdit, Damon que l'on opprime,
Prennent en vain le parti de prier ;
Une femme, grands Dieux ! quand la fureur l'anime,
Est-elle en état d'écouter ?
La femme de Damon commence la querelle,
Déchire un cotillon, fait voler un bonnet ;
La rage lui fournit une force nouvelle,
Licidor se présente, il reçoit un soufflet.
D'une intrépide main, la fiere Cydalise
A sa rivale arrache les cheveux,
Chaque coup qui se donne appelle une sottise,
La chambre retentit des coups les plus affreux.
Enfin l'amour content de sa vengeance,
Vient à l'hymen demander son pardon ;
L'hymen veut de l'obéissance ;
Le mari la promet, la femme entend raison.

L'amour de son flambeau fait voler l'étincelle,
Bacchus à ces époux vient prêter son secours;
Hymen, Bacchus, Amour finissent la querelle:
La discorde par fois réveille les amours.

Fin de la première Partie.

LE BOIS
DE
BOULOGNE,
POËME.

LE BOIS

DE

BOULOGNE,

POËME.

VERGERS de l'antique Idalie,
Séjour autrefois si charmant,
Où, près d'une Nymphe, chérie
L'Amour couronnoit un amant;
5 Bois rians de la Thessalie,
Où le Pénée, en serpentant,
Venoit mouiller l'herbe fleurie;
Ah ! vous devez porter envie
A celui qui dans ces instans,
10 Par ses charmes intéressans,
Inspire mon foible génie,
Et devient l'objet de mes chants.
Dans ses réduits, on voit les Graces
Orner le front de la Beauté;
15 Et le Plaisir, qui suit leurs traces,
Y fixe la félicité.

De cette ville impérieuse
Où regne la frivolité,
Il borne l'enceinte orgueilleuse :
20 On voit la Seine ambitieuse,
S'étendant avec majesté,
De son onde capricieuse,
Baigner ses murs avec fierté.
O toi qui, sur les bords d'Amphrise,
25 Descendis au rang des pasteurs ;
Apollon ! que ta voix m'instruise :
Viens me prêter tes sons flatteurs.
Je chante aujourd'hui cet asyle
Où l'art, par des heureux efforts,
30 Sait de la nature docile
Mettre à profit tous les trésors.
C'est-là que le Dieu de Cithere
Se plaît à fixer son séjour ;
Auprès d'elle, sur la fougere,
35 Les Ris, les Jeux, forment sa cour.
Ce Dieu, couché sur l'herbe tendre,
De fleurs embellit son carquois,
Et, pour mieux s'y laisser surprendre,
Il y sommeille quelquefois :
40 A son réveil, les dons de Flore
Étalent leurs riches couleurs :
La rose s'empresse d'éclore,
Pour lui prodiguer ses faveurs.
A ses côtés est l'espérance,
45 Qui, le fixant d'un front serein,
Dans le mystere & le silence,
A ses yeux offre l'innocence
Dont ses feux embrâsent le sein.

L'Amour, en la voyant ſi belle,
50 Sent naître un charmant embarras :
Il ſoupire, il vole près d'elle,
Et rend hommage à ſes appas.

Le Philoſophe ſolitaire,
Admirant ſes ombrages frais,
55 Aux ennuyeux vient s'y ſouſtraire,
Et goûter une douce paix.
Obſervateur de la nature,
Il y contemple ſa beauté,
Et d'une lumiere plus pure
60 Il y voit briller la clarté.

Dépouillé du poids de ſes armes,
Oubliant ſes travaux guerriers,
Le Héros ſéduit par ſes charmes,
En myrthes change ſes lauriers ;
65 Il y médite une victoire
Qui le conduit au vrai bonheur ;
Il aſpire à la douce gloire
De conquérir un jeune cœur.

Là, de Thémis appui fidèle,
70 Le Juge perd ſa gravité ;
Et ſur le ſein de la Beauté,
Sa figure ſe renouvelle :
On voit bien-tôt naître ſur elle
Les roſes de l'aménité.

75 Le pere au ſein de ſa famille,
Avec ſa femme & ſes enfans,
Dans ces lieux où la gaîté brille,
Se procure d'heureux inſtans :
Débarraſſé d'un ſoin pénible,
80 Suite ordinaire du travail,

Il éprouve un plaisir sensible
A contempler ce vif émail
Dont la libérale nature,
Pour rendre ces bosquets charmans,
85 Couvre sa naissante verdure,
Trône champêtre des amans.
Dans ses yeux brille l'allégresse
Qui s'empare de tous ses sens :
Il sent ranimer sa tendresse,
90 En voyant ses petits enfans,
Qui, par leurs jeux intéressans,
Le consolent de sa vieillesse,
Et lui rappellent son printems.
    L'amant, auprès de sa maitresse,
95 Par degrés s'enflamme & jouit :
Il se livre à sa douce ivresse,
Et sa crainte s'évanouit.
Là, des Plaisirs la troupe aimable,
Lui prodigue mille faveurs ;
100 Et, par un secours agréable,
Elle-même apprête ces fleurs
Dont la nature favorable
Couronne les sensibles cœurs.
Sous l'ombre heureuse du mystere,
105 Il entrevoit la volupté
Préparer à son cœur sincere
Le prix qu'il a tant souhaité.
    La jeune & timide Glicere,
Soumise à la loi du devoir,
110 Peut, loin des regards de sa mere,
Y former un flatteur espoir ;
Elle y voit l'image riante

De ce bonheur si précieux
Que desire une tendre amante
115 Qui de l'amour sent tous les feux
Paisiblement elle y respire,
Et, dans son doux égarement,
Elle se plaît, elle soupire,
Et s'abandonne au sentiment.
120   L'œil, en parcourant ces boccages
Découvre un spectacle enchanteur,
Et toujours le Ciel, sans nuages,
Offre l'image du bonheur.
    Ici la naïve Bergere
125 Vient me charmer par sa beauté ;
Par sa danse simple & légere,
Elle m'inspire la gaîté.
Des fatigues de la semaine
Elle y vient oublier les maux ;
130 Elle suit le goût qui l'entraîne ;
Le plaisir lui sert de repos.
    Là, c'est Lubin qui, près d'Annette,
Se livre aux transports de son cœur :
Dans une simple chansonnette
135 Il lui peint sa rustique ardeur ;
Par un innocent badinage,
Il trouve l'art de l'enflammer ;
La fillette fait la sauvage,
Annette veut se gendarmer.
140 Il l'appaise par un baiser,
Il la conduit sous le feuillage :
Hélas ! en faut-il davantage ?
Elle se rend sans y penser.
    C'est-là que l'inconstante Aurore,

145 Ouvrant les portes d'Orient,
　　Arrose les préfens de Flore,
　　Et femble oublier fon amant.
　　La tourterelle gémiffante
　　Y vient foupirer fur l'ormeau ;
150 Sa voix plaintive, intéreffante,
　　Appelle fon cher tourtereau ;
　　Il vient, & bien-tôt fous l'ombrage
　　L'Amour va couronner fes feux ;
　　Il s'agite fous le feuillage,
155 Et la douceur de fon langage
　　Me dit qu'enfin il eft heureux.
　　Zéphir s'éveille, & fon haleine
　　Careffe la naiffante fleur.
　　Tandis que l'agneau court la plaine,
160 Baftien, à fa timide Hélene,
　　Offre l'hommage de fon cœur :
　　Il lui fait quitter la prairie,
　　Il lui reproche fon fommeil :
　　L'Amour fe met de la partie ;
165 Hélene chérit fon réveil.
　　　　Bois charmant qui dans le filence
　　Favorifez des feux conftans,
　　Vous fervez auffi la vengeance,
　　Seul bien des malheureux amans.
170 Armé de flèches redoutables,
　　Quelquefois le jeune Antéros,
　　Quittant le féjour de Paphos,
　　Y vient aux amantes coupables
　　Préparer des tourmens nouveaux.
175 Il prend foin de venger fon frere ;
　　Il a toujours dans fon carquois

Les dédains, la rigueur amere;
Et ce Dieu, trop fier de ses droits,
Punit, dans son humeur sévere,
180 Les cœurs qui méprisent ses loix.
Outragé de votre inconstance,
Belle Délis, à votre amant
Lui-même a dicté la vengeance
Qui va causer votre tourment.
185 Sous l'air caressant de l'enfance,
Le fripon fait en imposer;
Il a surpris votre prudence,
Et, malgré votre expérience,
Il a trop su vous abuser.
190 Votre amant a pu vous séduire:
D'abord il a flatté vos yeux;
Il propose de vous conduire
En ce séjour délicieux
Où tant de fois, loin des allarmes,
195 Vous alliez prodiguant vos charmes
A qui savoit les payer mieux.
Il parut oublier l'outrage
Que vous aviez fait à son cœur;
Comme lui que n'étiez vous sage?
200 Vous auriez prévu ce malheur.
Mais le plaisir seul vous engage:
Votre sexe aime son erreur.
Dieux! quelle fut votre surprise!
Quelle frayeur troubla vos sens,
205 Quand au piége vous fûtes prise;
Vous ne connûtes la méprise,
Que lorsqu'il n'en étoit plus tems.
Votre amant dédaigne vos charmes,

Il fuit vos perfides regards.
210 Il vous laiſſe, malgré vos larmes,
En proye aux plus triſtes hazards.
Seul il revient, ſeule il vous laiſſe.
Délis ! vous ſoupirez en vain.
Vous ſentez le trait qui vous bleſſe,
215 Et pleurez ſur votre deſtin.
Encor ſi quelque Faune aimable
Se fût offert devant vos yeux ?
Un Faune eſt quelquefois traitable,
Et, dans un tranſport agréable,
220 Il vous eût fait un ſort heureux.
Mais, non : dans le milieu des ombres
Vous traînez vos pas chancelans,
Et de la nuit les voiles ſombres,
Pour cette fois, font vos tourmens.
225 Vous vous trouvez abandonnée,
Vous implorez en vain les Dieux ;
Par eux vous êtes condamnée :
Ah ! Délis, belle infortunée,
Sachez donc vous conduire mieux.

230   Quel autre tableau ſe préſente ?
Quelle aimable variété
Fixe mes yeux, & les enchante !
Aux Cieux je me crois tranſporté.
Êtes-vous donc, Bois agréable,
235 Le centre de tous les plaiſirs ?
Et par quel deſtin favorable
Comblez-vous ainſi mes deſirs ?
   Long-Champ, quel ſurprenant ſpectacle
Tu fais offrir à mes regards !
240 Ce que je vois eſt un miracle,

Et j'apperçois de toutes parts
Un essain nombreux de Coquettes,
Venir, par de justes efforts,
Dans tes agréables retraites
245 De l'art prodiguer les trésors.
Dans le plus brillant équipage
Traîné par des chevaux fringans,
Laïs vient surprendre l'hommage
De nos frivoles élégans.
250 Ces fleurs que la nature apprête
Ne lui servent point d'ornement ;
Les diamans couvrent sa tête,
Qui par complaisance se prête
A porter ce fardeau brillant.
255   Semblable à la fiere Amazone,
Pressant les flancs d'un beau cheval,
Daphné par son adresse étonne,
Et plaît par son air martial.
A sa voix le coursier docile,
260 S'enorgueillit de son fardeau,
Et, guidé par sa main habile,
S'embellit d'un charme nouveau :
De son encolure hardie
Il fait admirer la beauté ;
265 D'une croupe bien arrondie
Il semble tirer vanité.
De ses nazeaux l'ardeur brûlante
Annonce sa vivacité ;
Et l'on voit sa bouche écumante
270 Ronger le mords avec fierté.
Il éleve une tête altiere,
Et sous ses pas majestueux,

Vole un tourbillon de pouffiere
Qui bien-tôt le cache à nos yeux.
275   Du perroquet, parfaite image,
Le jeune Abbé, mufqué, paré,
Se pavane dans fon plumage,
S'avance d'un pas affuré.
Il voltige de Belle en Belle,
280 Répete mille jolis mots;
Mots que fa mémoire fidelle
Sait lui fournir à tous propos.
De la prude & de la coquette
Flattant les goûts également,
285 A l'une il parle de toilette,
A l'autre il parle fentiment.
Et la Marquife, & la Ducheffe,
Et la Nymphe de l'Opéra,
Toutes ont part à fa tendreffe;
290 Chacune dit : ah ! le voilà.
Son air, fon maintien, tout annonce
Sa ridicule vanité;
Sur tout il décide, il prononce,
Et juge avec autorité.
295 Alors, fatisfait de lui-même,
Il fe fourit modeftement,
Et d'une complaifance extrême,
A la Bourgeoife qui l'attend,
Il va fiffler un *je vous aime*,
300 Puis il s'échappe en minaudant.
Tableau vivant de la molleffe,
Le Petit-Maître nonchalant,
Pour rendre hommage à fa Maitreffe,
Lui jette un coup-d'œil languiffant;

305 Et fait remarquer son adresse
A conduire un char éclatant.
     Couvert de poussiere & de crotte,
Le Bourgeois, singe du Seigneur,
Sur un cheval lourdement trotte,
310 Et paroît fier de sa valeur ;
Il s'imagine qu'on l'admire. :
Le sot, de lui-même entêté,
Ne voit pas qu'il apprête à rire
Par sa plaisante vanité.
315   Le Commis, que rien n'épouvante,
Dans un mince Cabriolet,
Avec audace se présente ;
Gauchement fait claquer son fouet ;
Et d'une voix rauque & barbare,
320 Qu'avec grands efforts il grossit,
Il s'égosille, en criant garre,
Et de ce mot nous étourdit.
Phaëton moderne, & bizarre,
Il ne prévoit aucun écueil,
325 Il s'avance dans la bagarre,
Où doit échouer son orgueil ;
Mais bien-tôt la file recule,
Voilà mon fat embarrassé ;
Et ce Phaëton ridicule,
Avec son char, est terrassé.
330 Chacun en voyant son martyre,
Loin de l'aider en son malheur,
Le regarde & se met à rire
De sa honte & de sa douleur.
Ah Dieux ! que ce mélange rare
335 Offre de quoi charmer les yeux !

A chaque pas il me prépare
Un nouveau moyen d'être heureux.
O du plaifir brillans phantômes !
Vous ne pouvez m'en impofer ;
340 Mais du ridicule des hommes
Le fage a droit de s'amufer.
Mon cœur, toujours exempt d'allarmes,
Va contempler d'autres beautés ;
Non, non ; je ne crains point vos charmes :
345 De l'art ils font tous empruntés.

Près des bords fleuris de la Seine,
S'éleve un Palais enchanté,
Dont Diane eft la Souveraine ;
Où l'Amour & la Volupté,
350 Après les plaifirs de la chaffe,
Viennent au fein de la gaîté,
Au Souverain qui fe délaffe,
Préparer la tranquillité ;
C'eft-là que, pour lui rendre hommage,
355 Chacun s'empreffe à le fervir :
Les cœurs volent fur fon paffage,
Et tout y prévient fon defir.
Soumis à cet augufte Maître,
L'Amour empreffé d'obéir,
360 Sait bien-tôt lui faire connoître
Que l'homme eft fait pour le plaifir.

Plus loin eft un Palais antique,
Monument éternel des arts,
Dont l'architecture gothique
365 Surprend & fixe les regards.
Sans doute en ce lieu folitaire,
FRANÇOIS, digne & preux Chevalier,

Favorisé par le myftere,
Sut plus d'une fois oublier,
370 Avec fa charmante maitreffe,
Le fafte de la majefté :
Il préféroit cette foibleffe
Au pouvoir de la Royauté.
    Tout en ce Bois m'offre fans ceffe
375 L'image de la vérité;
Tout y fourit, tout intéreffe :
Une douce fécurité
M'y fait oublier les allarmes
Qui défolent l'Humanité ;
380 Et mon cœur y trouve les charmes,
  D'une fage tranquillité.
J'y repofe fous des ombrages
Où l'aîle du jeune Zéphir
Agite les naiffans feuillages,
385 Pour mieux inviter au plaifir.
A mon réveil, la fleur brillante
Me fait refpirer fon odeur ;
Je la regarde, elle m'enchante,
Et fon parfum paffe en mon cœur.
390 Après un fommeil agréable,
On m'apporte, fur le gazon,
De Bacchus la liqueur aimable,
Et quelques fruits de la faifon.
De plaifirs mon ame enivrée,
395 En ces inftans voluptueux,
Par un doux tranfport égarée,
Jouit d'un bien délicieux.
    Bofquets charmans, que le Ciel même
A préparés pour le plaifir ;

400 Bois enchanteurs, séjour que j'aime,
    Où chaque objet me fait jouir ;
    Quoique, de son haleine impure,
    Le crime ait souillé quelquefois
    La fraîcheur de votre verdure,
405 Vous n'en avez pas moins de droits.
    Si quelquefois sous votre ombrage
    Vous couvrez l'impudicité ;
    C'est pour mieux dérober au sage
409 Les vices de l'Humanité.

FIN.

LES DEUX